亚洲

印度洋

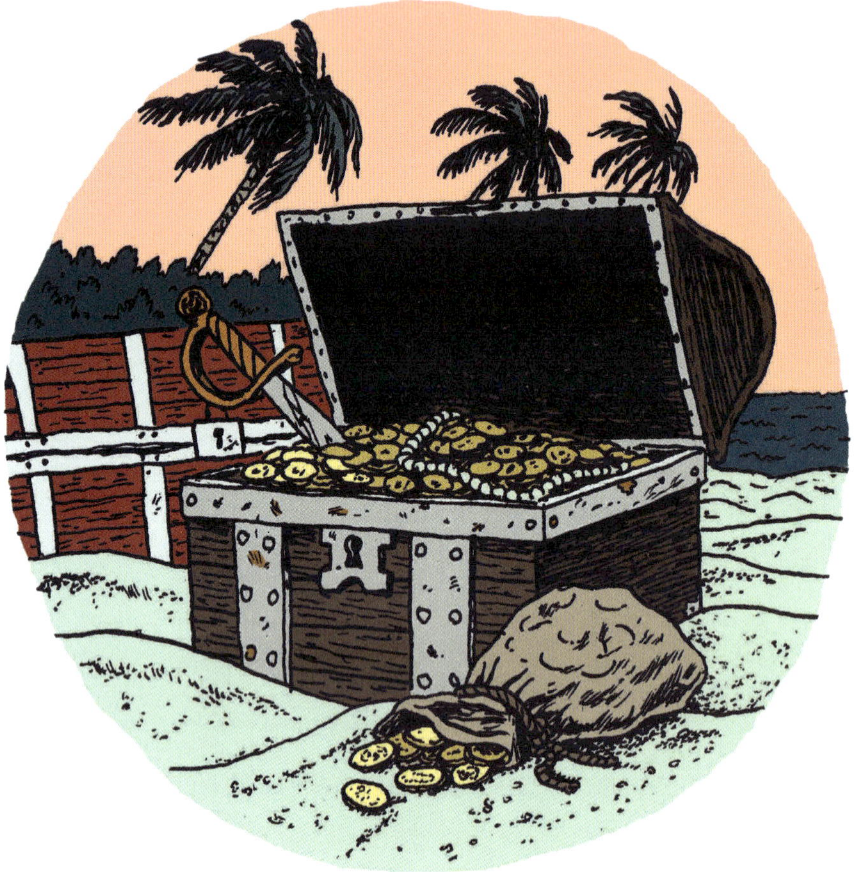

浪花朵朵

危险的大海盗！

[法]卡洛琳·费特 著
[法]德瑞安·德罗什 绘
陈剑平 译

海峡出版发行集团 | 海峡书局

献给吉约姆和波利娜，两个可爱的小家伙。也献给阿德勒，我心中的小水手。

——卡洛琳·费特

感谢菲利普和吕西尔的大力支持和真诚帮助。

——德瑞安·德罗什

图书在版编目（CIP）数据

危险的大海盗！/（法）卡洛琳·费特著；（法）德瑞安·德罗什绘；陈剑平译. -- 福州：海峡书局，2022.4
 ISBN 978-7-5567-0896-3

Ⅰ. ①危… Ⅱ. ①卡… ②德… ③陈… Ⅲ. ①儿童故事－图画故事－法国－现代 Ⅳ. ①I565.85

中国版本图书馆CIP数据核字(2022)第011461号

Pirates !
Caroline Fait, Djilian Deroche
© 2019, De La Martinière Jeunesse, une marque des Éditions de La Martinière,
57 rue Gaston Tessier, 75019 Paris
Current Chinese translation rights arranged through Divas International, Paris
巴黎迪法国际版权代理（www.divas-books.com）

本书中文简体版权归属于银杏树下（北京）图书有限责任公司

著作权合同登记号　图字：13-2022-003号

出版人：林彬	
选题策划：北京浪花朵朵文化传播有限公司	出版统筹：吴兴元
编辑统筹：杨建国	责任编辑：廖飞琴　潘明劼
特约编辑：杨崑	营销推广：ONEBOOK
装帧制造：墨白空间·王茜	排　　版：赵昕玥

危险的大海盗！
WEIXIAN DE DA HAIDAO

著　者：[法] 卡洛琳·费特		译　者：陈剑平	
绘　者：[法] 德瑞安·德罗什			
出版发行：海峡书局		地　址：福州市白马中路15号海峡出版发行集团2楼	
邮　编：350001			
印　刷：天津图文方嘉印刷有限公司		开　本：787mm×1092mm 1/8	
印　张：6		字　数：80千字	
版　次：2022年4月第1版		印　次：2022年4月第1次	
书　号：ISBN 978-7-5567-0896-3		定　价：72.00元	

读者服务：reader@hinabook.com 188-1142-1266
投稿服务：onebook@hinabook.com 133-6631-2326
直销服务：buy@hinabook.com 133-6657-3072
官方微博：@浪花朵朵童书

后浪出版咨询(北京)有限责任公司　版权所有，侵权必究
投诉信箱：copyright@hinabook.com　fawu@hinabook.com
未经许可，不得以任何方式复制或者抄袭本书部分或全部内容
本书若有印、装质量问题，请与本公司联系调换，电话010-64072833

目 录

红胡子 5

佛朗西斯·德雷克 9

亨利·摩根 13

让·巴特 17

黑胡子 19

巴沙洛缪·罗伯茨 25

玛丽·里德、安娜·波妮和杰克·莱克汉姆 29

爱德华·英格兰 33

拉·布斯 35

罗伯特·絮库夫 37

今天的海盗 40

词汇表 41

以信仰的名义纵横在地中海

海盗自古就有。在古代地中海地区，随着古希腊和古罗马海上航运的出现，海盗也出现了。到了中世纪，来自北欧的维京人坐着自己巨大的龙船，在欧洲北部海岸掀起了一股恐怖狂潮。之后，德国、英国和法国的海盗也接踵而至。到了16世纪，海盗活动的中心又回到了地中海。抢夺金银财宝并不是这些基督徒海盗向巴巴里海盗（来自非洲马格里布国家的海盗）宣战的唯一理由，他们也为自己的信仰而战，每一方都想让在地中海甚至在世界各处打败异教徒。

红胡子

红胡子巴巴罗萨的人生简直就是一个"励志"故事。他从名不见经传的小海盗，摇身变成阿尔及尔的统治者。但在1519年，他统治的地区遭到袭击，他不得不离开那里。要想回去，他需要大笔的金钱和很多的手下。于是，他再次做起了海盗。

海盗国王

200个基督徒奴隶坐在船里的24条长凳上，全力地划桨，双桅帆船飞快地前行。监工们嘴里吹着哨子打节奏，手里拿着鞭子。130多千克的船桨十分沉重。这些可怜的人需要站起来把桨往前送，然后马上坐下来拼命往后拉，一直拉到身体近乎躺平。只要他们划得不够快，监工的皮鞭马上就会落下。而波涛汹涌的海浪，只会把他们无尽的哀号淹没。

红胡子独自站在船首。他喜欢大海，喜欢炙热的阳光在皮肤上灼烧，喜欢品尝嘴边的海盐，更喜欢海风恣意吹卷他浓密的头发和胡子。

此时的他，只希望安拉能让这次的海上冒险成功，把他重新推上王座！

他们刚到达西班牙海岸，就发现了一艘巨大的基督徒的船。

"赶快升起西班牙人的旗帜，换上他们的衣服！"红胡子高声命令道。

西班牙人一点儿都没有起疑。当他们发现朝他们快速驶来的是海盗船时，大势已去。红胡子他们轻而易举地赶上并俘获了这艘船。

海盗们不但抢夺了这艘船上的货物，还把大炮、绳索，甚至船帆都洗劫一空。红胡子收编了西班牙船上的奴工，以扩充自己的力量。这次劫掠让他信心倍增：心中的目标一定会实现。他确信不久就会拥有数不尽的金钱和众多的勇士，重新夺回属于自己的地盘。

为信仰而战

　　船上的基督徒水手和乘客全部沦为了红胡子的战利品。他对船上的基督徒毫不留情：其中一小部分有钱的，让亲属重金赎回；一部分作为奴仆卖掉换钱；剩下的全部赶到舱底去当船工。当然，也有个别的基督徒选择改变信仰，甚至成了巴巴里海盗的一员。

　　红胡子转过身来，大声说道：

　　"今天，我们旗开得胜。但这是远远不够的，我们还要有更多的船，才能向阿尔及尔进军。即使夺回我们的地盘，我们的使命也没有完成：我们誓将地中海成为我们的内海！"

　　1525 年，红胡子重新回到了阿尔及尔。纵观他一生，可以说他是一个做了海盗的国王，也可以说他是一个成为国王的海盗。他把阿尔及尔彻底变成了一座海盗之城（一直到19世纪都是如此）。后来，他还成了奥斯曼帝国的海军司令。

7

新世界的金银财宝

1492年克里斯托弗·哥伦布发现了新大陆。作为海上强国的西班牙和葡萄牙没有把其他国家放在眼里,决定瓜分这片土地。他们在这里发现了无尽的财宝。西班牙人开始大肆掠夺,把大批的金银财宝一船船运回本国。英国人、法国人和荷兰人看到后也想分一杯羹,打算劫掠这些船。在战争时期,会有海盗持有国王发给他们的私掠许可证,名正言顺地攻击敌国的船只。他们的船被称为私掠船。有时,他们也为了自己的利益抢劫,化身纯粹的海盗。他们会在两种身份之间变换。那些海上军事力量薄弱的国家,也会利用海盗去打击西班牙。佛朗西斯·德雷克和亨利·摩根这两个大海盗,就是在这样的背景下,在去往新大陆的海上大发横财并逐渐崭露头角的。

佛朗西斯·德雷克

  佛朗西斯·德雷克很小就开始出海，在积累了一定财富后，他装备起自己的船队，从此声名大噪，连英国女王都注意到了他。后来，他想到了一个能出其不意攻击西班牙船队的地方：太平洋美洲沿岸。1577 年，在英国女王伊丽莎白一世的资助下，德雷克踏上了劫掠旅程。一年多后，他们俘获了西班牙人的武装商船圣母号。

风险和宝藏

  德雷克与他的两名亲信在艌楼里清点货物。这里有 26 吨银子，几千克黄金，还有成箱的宝石和珍珠。他们正打开最后一个装满银币的箱子。

  "总共有 35 万比索，那些西班牙人可得哭死了。"一个亲信说。

  "这次我们可真是发财了！"另一个亲信兴奋地说。

  "是我们的，也是女王的。别忘了，这里有一半是属于她的。"德雷克补充道。

  "那我们现在就回去吧。我好想再看到英格兰的海岸！"第一个亲信说。

  "还没有走过半个地球。我不会回头的。"德雷克说。

  "难道你不想穿过麦哲伦海峡，横渡大西洋，沿着我们熟悉的路线回到普利茅斯吗？"

  "不，我要做麦哲伦之后第二个完成环球航行的人"

  "前提是我们能做到……要知道，麦哲伦死在了半路上，他的手下也没有几个能回家。"第一个亲信怯声说。

  "放心，我会让你们带着无尽的财宝和无上的荣誉回到英国的！"

载誉而归

事实也正如德雷克所说的那样。数月之后,一艘大船风风光光地驶进了英国普利茅斯港。船上的 50 个人都已精疲力竭。他们终于在启程 2 年 9 个月后,完成了历史上第二次环球旅行。

他们回来的消息马上就传开了。酒馆里的人为他们举杯,连英国女王都来迎接他们!女王在随从们的簇拥下登上了甲板,向德雷克船长走来。德雷克单膝跪地,低头向她致敬。接着,女王拔出剑鞘里的剑,平放在德雷克的左肩头,大声宣布:

"现在,我封弗朗西斯·德雷克为皇家爵士!"

人群中爆发出阵阵欢呼,船员们向他们的皇家爵士船长致敬。

仪式结束后,女王和船长单独交谈。伊丽莎白一世对德雷克说:

"我的海盗,能见到你回来我太高兴了,我还以为你早就葬身鱼腹了。"

女王也确实应该高兴,这次她分得的财宝比王室一年的收入都多。后来成为英国海军将领的德雷克,还带领英国海军打退了西班牙人的入侵。多年后,他在巴拿马因患黄热病去世。

11

12

亨利·摩根

　　亨利·摩根是一个英国绅士的儿子，后来成了美洲海域的海盗。他在英国授意下做了牙买加岛上所有海盗的首领后，决定不在海上，而在陆地上与西班牙人作战。他连打了两次大胜仗。1670年，他第三次与西班牙人作战，向巴拿马城进军。

夺取城市

　　摩根看着他的人陆续下了船。他眉头紧皱，忧心忡忡，不停地想着进攻计划，以确保万无一失。这次可是一场恶仗。谁不知道巴拿马是美洲最富裕的城市？从秘鲁矿山中挖出的金银被一队队骡子源源不断地运送到了这里。

　　当然，他率领的是有史以来最为庞大的海盗船队：一共有36只船，以及来自英国和法国、最善于打仗的2000多人。但他们刚上岸，还需要步行好几天才能到巴拿马城。西班牙人万万想不到会有这么强大的队伍来攻城。摩根得到的探报说城中防守空虚。

　　摩根站了起来。是的，已经全部考虑好了，现在他完全准备好了要夺取这座城市了。

　　"出发，消灭这帮西班牙人！"

　　大家开始前进，可天气炎热，空气潮乎乎的，连呼吸都十分费劲。

　　他们行进得非常慢。树林中乱草丛生，必须用刀砍才能前进。而地上十分泥泞，他们常常滑倒。

　　丛林哗哗作响，有时还会听到刺耳的响动声，好像有无数的人藏在树叶后面盯着他们看。

　　几天后，他们几乎都没什么吃的了，到了用皮带充饥的地步。

　　为了偷袭，他们携带了大量武器弹药，几乎没带什么食物。他们本以为路上可以随便找到吃的，但西班牙人不知怎么得到了风声，把路上所有能吃的食物都烧没了。更糟糕的是，他们知道偷袭计划已经暴露了。

14

第九天早晨,他们终于看到了巴拿马城的高塔。而等待着他们的,却是军服笔挺,枪头闪亮的西班牙军团。这时他们才发现,原来敌人的人数是他们的两倍多。

西班牙人放出几百头牛,与骑兵一同冲杀出来。

海盗们立马还击。他们战法高明,一队人开火掩护,另一队顺势冲锋。

战斗持续了两个小时,步枪开火的声音不绝于耳。之后,一切归于平静。残余的西班牙人仓皇逃走,海盗们夺取了城市。

他们迫不及待地冲进城市,可居民们早就跑没了。

"把城给我烧了,全部烧了!什么都别留下。"摩根气急败坏地下令。

他咆哮着:"他们跑不了太远,赶紧给我追!"

很快,巴拿马城就只剩下残垣断壁。

此后的一个月,海盗们把这里翻了个底朝天,四处寻找可能被藏起来的金银财宝。

这一个月里,他们四处掠夺,用成队的骡马驮回无数搜刮的战利品,带回无数的俘虏。

这些俘虏刚被抓回来,摩根就拷问他们,以求再抓更多的人。

他贪得无厌,永不知足。他就是想要更多,更多,更多的金子!更多的银子!更多能赎出大价钱的俘虏!

当摩根离开巴拿马城时,这座曾经无比富庶美丽的城市已化为废墟。

后来,摩根被任命为牙买加的副总督,继续大肆敛财,成为当地最富有的庄园主之一。他去世时,留下了 3 个大种植园、120 个奴隶和许多财富。

欧洲海上争霸

西班牙人、法国人、英国人和荷兰人,不只在遥远的新大陆为争夺宝藏大打出手,他们在家门口也互不相让;在英吉利海峡,在北海,在大西洋上,他们的战船时不时发生激战,各自的海盗船也常袭击对方的商船,抢夺财物。

让·巴特

让·巴特出生在法国敦刻尔克一个全是水手和海盗船主的家族里,在七八岁的时候就成了见习水手。1673年,23岁的他成了私掠船员。第二年,他就开始带船出海。

甲板和鲸

欧洲的北海,让·巴特指挥的皇家号船上,一个年龄不超过8岁,头发金黄而瘦小的水手,与一个满脸沧桑的老水手远眺着大海,聊着天。

小水手第一次听到船长打仗的事,就跟听故事一样。他迫不及待地让老水手给他讲海上的7次大劫——抢了7艘大船,上面装满了木材、煤砂、美酒和小麦。

"再给我说一遍,你们到底赚了多少?"小水手一脸急切地问。

"我们每一个人赚的钱,10年都花不完!"老水手慢悠悠地说。

"10年!"小水手重复道。

然后他接着说:

"可你知道我喜欢什么吗?要是我们能劫一艘满载着砂糖的船就好了,我一定会给妈妈捧上满满的一把,她会给我们做果酱的。"

就在此时,一声喊叫打断了他们:

"一艘捕鲸船来了!"

"有鲸鱼了!"孩子大叫着。

"快点准备好,小伙子,鲸鱼可是个好东西!"

"听说鲸鱼的脂肪能做香料,这是真的吗?"

"可不是,鲸须还能做女人的扇子,皮能做皮革,肉还能做香喷喷的炖菜哪!"

4个小时的激战过后,让·巴特夺取了金色火腿号。这条捕鲸船的甲板上码放着11条巨大的鲸鱼。

事实上,让·巴特只参与了5年的私掠活动。他后来成了法国国王路易十四的海军军官。

加勒比海盗
（美洲海盗）
黄金时期

西班牙人不再是新大陆财富的唯一拥有者了，英国人、法国人和荷兰人也来到了这片土地。他们和西班牙人结束了战争，实现了和平相处。这个时期，海盗们运送的糖、咖啡、可可、烟草和奴隶比金子还多。运送什么有什么关系呢？只要值钱就好了。而海上战争结束让私掠船无事可做，又沦为了海盗船。美洲的海盗，尤其是加勒比海的海盗，多达几千人，他们甚至连自己国家的商船都攻击，让他们的同胞头疼不已。1718年，英国国王乔治一世放话：如果他们金盆洗手，就既往不咎，否则……海盗的黄金时代终于要结束了。在那段时期，黑胡子、巴沙洛缪·罗伯茨和杰克·莱克汉姆，算是比较出名的海盗。

黑胡子

　　1716 年，私掠船水手爱德华·蒂奇当上了一艘小单桅三角帆船的船长。除了听说他生于英国布里斯托尔之外，人们对他一无所知。但不久后，他就以"黑胡子"的名号闻名海上。

最好的武器就是让敌人恐惧！

　　从桅楼高处的瞭望台传来一声大喊："有船！就在前方！"
　　黑胡子掏出他的单筒望远镜。
　　"他们的死期到了！"他嘴角浮现出一丝微笑，"如果没弄错的话，这是一艘法国的运奴船。200 多吨，20 多门大炮……"
　　话音刚落，他又大声命令道：
　　"加速航行！"
　　海盗们听到这话，不免面面相觑。虽说他们的船速很快，船也很灵活，可他们还从没有攻击过这样大的船。但他们只迟疑了片刻。当他们看到船长，那个魔鬼般的人坚毅无比的神情，便觉得以弱胜强也不是不可能——一切皆有可能！
　　他们再一次站在那里，站在船长的身后。为了他，他们连死都愿意！
　　黑胡子命令升旗。旗子上画着一个可怕的骷髅，手里拿把利矛，矛尖刺向一个血淋淋的心脏，谁见了都会不寒而栗……
　　慢慢地，他们靠近了敌船。
　　所有人，都准备好了战斗。
　　黑胡子像是从冥界而来，眼睛冒着火，满脸都是长长的黑胡子，拿着 6 把手枪和海上军刀。此时的他，笼罩在一片骇人的黑色烟雾中。原来他早就点燃了火绳，火花滋滋作响。
　　他的手下也很可怕。他们蓬头垢面，拿着滑膛枪、喇叭口火枪、手枪、登船斧、匕首……武装到了牙齿。
　　运奴船上的人早就吓破了胆。

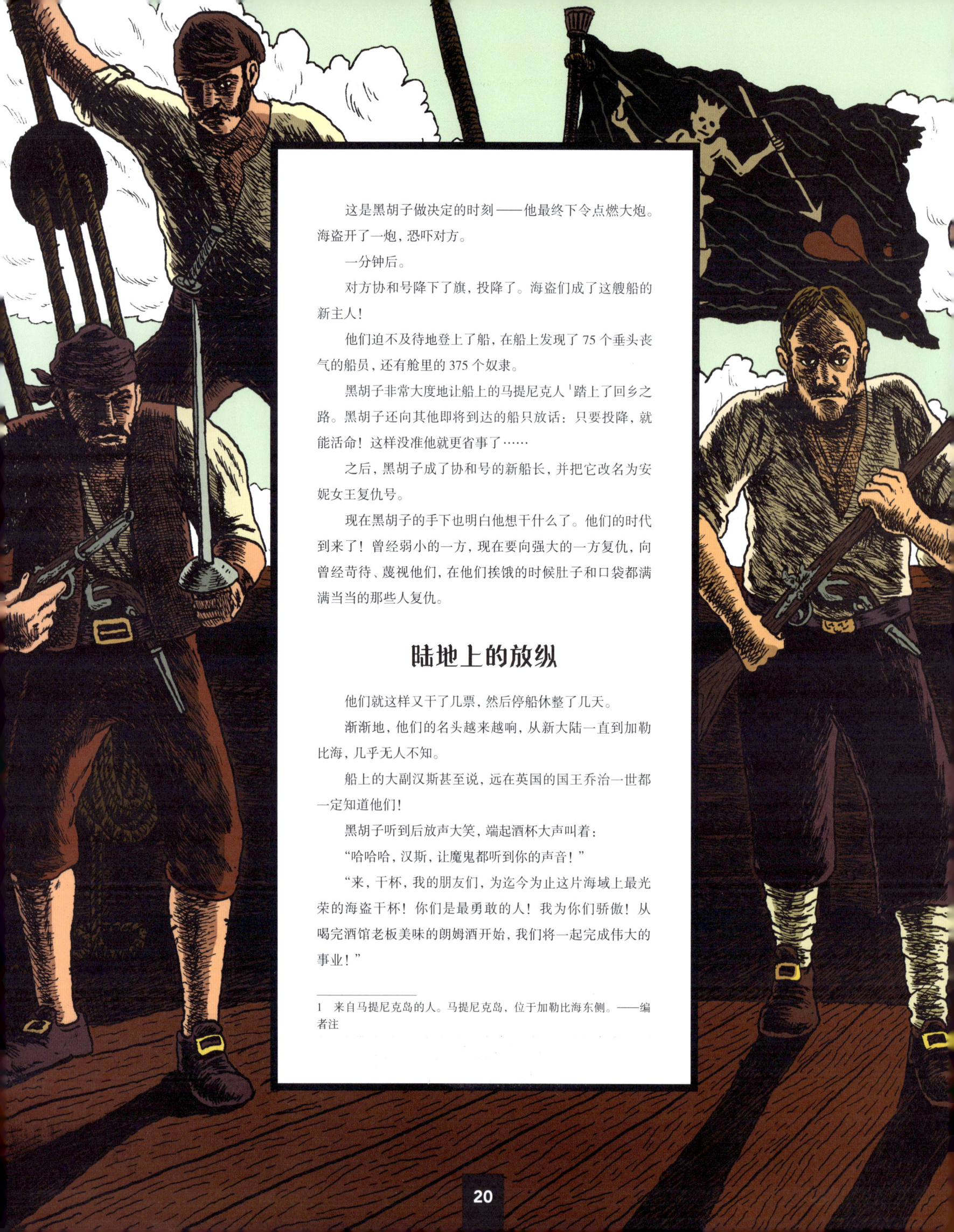

这是黑胡子做决定的时刻——他最终下令点燃大炮。海盗开了一炮,恐吓对方。

一分钟后。

对方协和号降下了旗,投降了。海盗们成了这艘船的新主人!

他们迫不及待地登上了船,在船上发现了75个垂头丧气的船员,还有舱里的375个奴隶。

黑胡子非常大度地让船上的马提尼克人[1]踏上了回乡之路。黑胡子还向其他即将到达的船只放话:只要投降,就能活命!这样没准他就更省事了……

之后,黑胡子成了协和号的新船长,并把它改名为安妮女王复仇号。

现在黑胡子的手下也明白他想干什么了。他们的时代到来了!曾经弱小的一方,现在要向强大的一方复仇,向曾经苛待、蔑视他们,在他们挨饿的时候肚子和口袋都满满当当的那些人复仇。

陆地上的放纵

他们就这样又干了几票,然后停船休整了几天。

渐渐地,他们的名头越来越响,从新大陆一直到加勒比海,几乎无人不知。

船上的大副汉斯甚至说,远在英国的国王乔治一世都一定知道他们!

黑胡子听到后放声大笑,端起酒杯大声叫着:

"哈哈哈,汉斯,让魔鬼都听到你的声音!"

"来,干杯,我的朋友们,为迄今为止这片海域上最光荣的海盗干杯!你们是最勇敢的人!我为你们骄傲!从喝完酒馆老板美味的朗姆酒开始,我们将一起完成伟大的事业!"

---

[1] 来自马提尼克岛的人。马提尼克岛,位于加勒比海东侧。——编者注

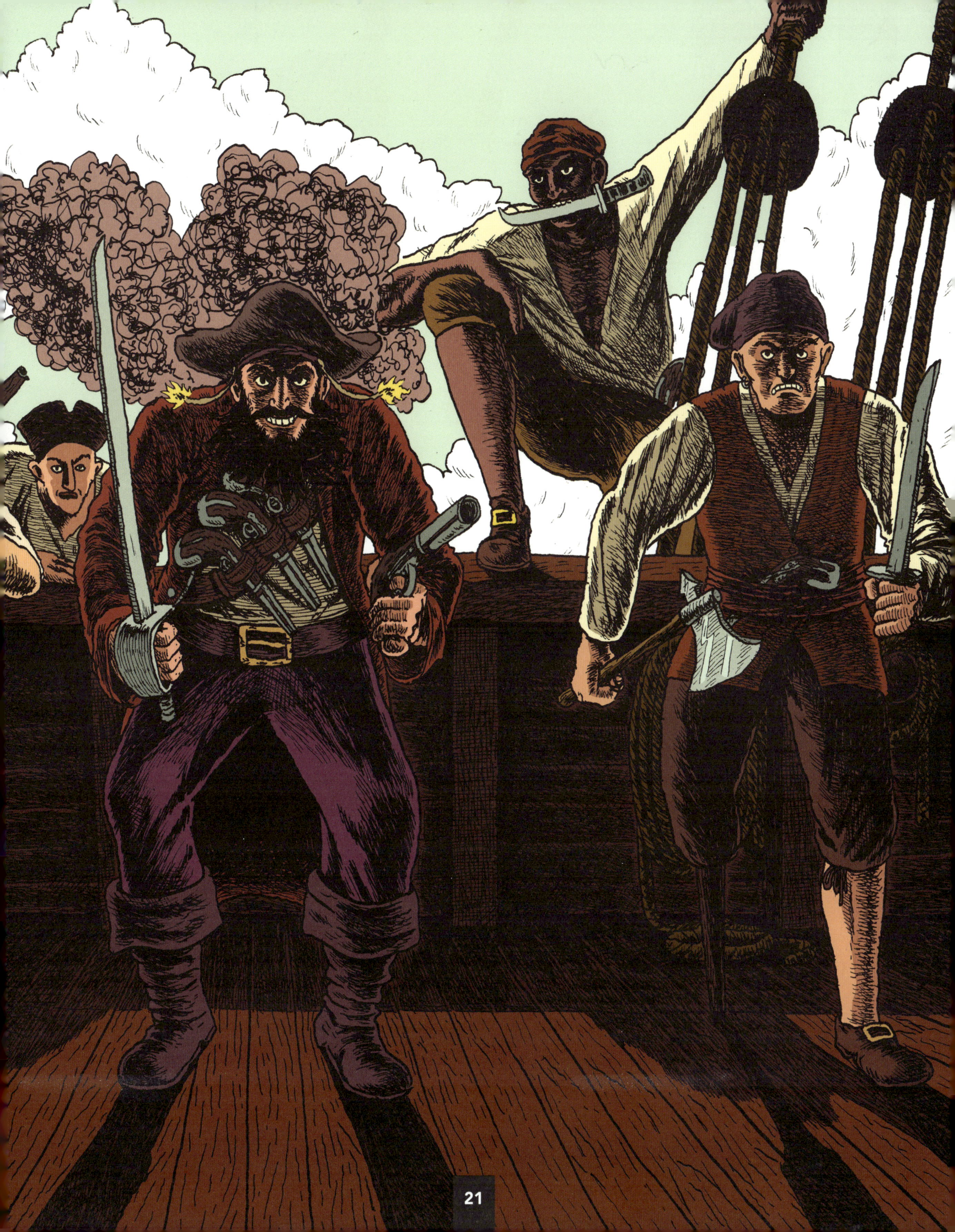

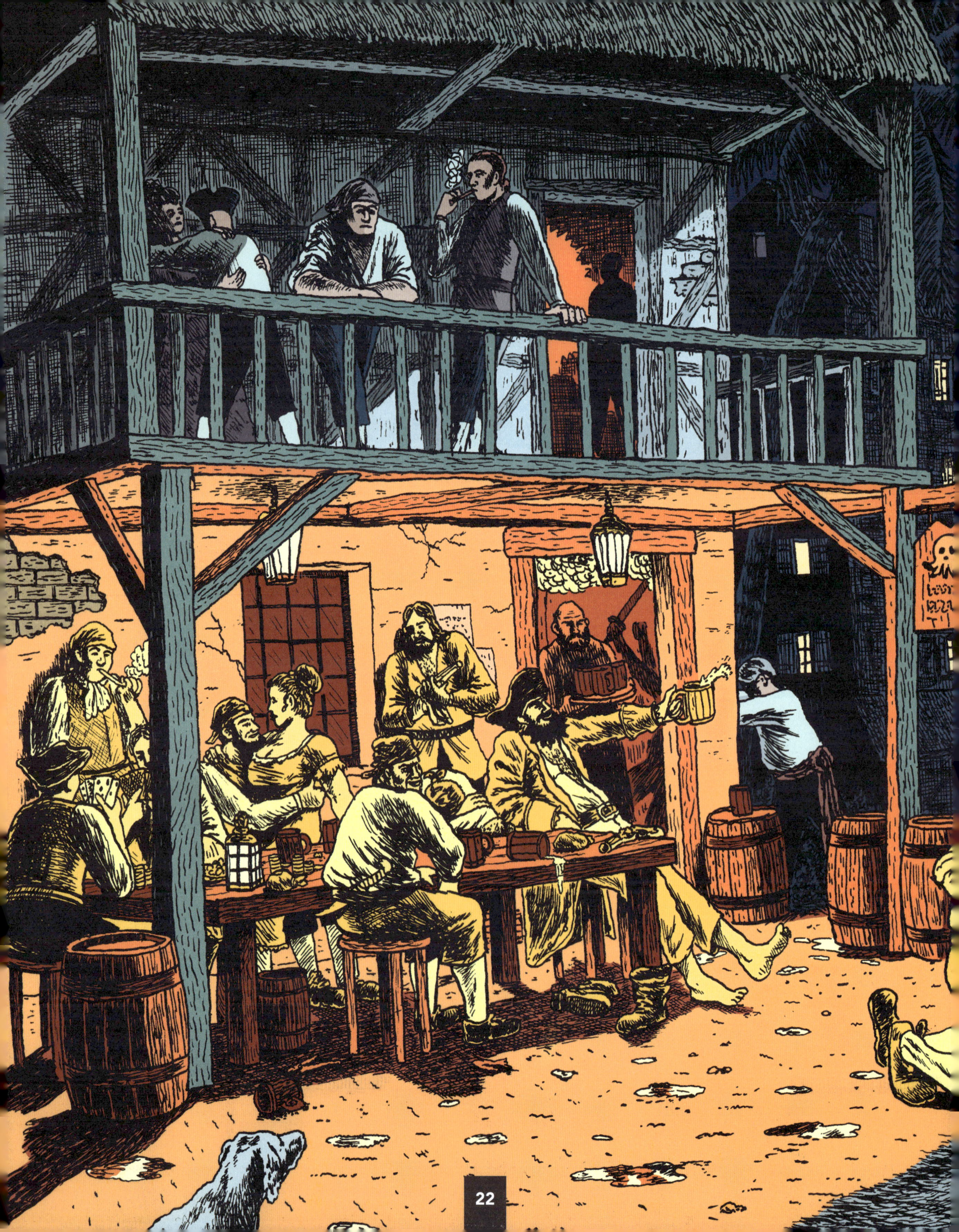

论起他们喝酒的本领,一点也不比他们打仗的本领差。听到船长的话,海盗们更是每夜饮酒作乐,醉生梦死。

他们还打牌,玩骰子,和姑娘们混。

一天晚上,两个本来要好的水手,詹姆斯和约翰,大打出手。原来詹姆斯打牌时输给了约翰 2000 个金币,急得把枪都掏了出来:"我算瞎了眼,你居然跟我使诈!你从我这里骗走的钱都能买 1000 头牛了!"

约翰一个右勾拳打倒了詹姆斯,结束了这场纷争。

"你先醒醒酒吧,然后咱们再说!"

第二天,他们又和好如初了,就像他们每次上岸休整时那样。

詹姆斯也不是唯一一个让劫掠来的钱财打了水漂的人。当他们忘记了曾经经历过的饥饿和干渴、曾经的战斗和死去的朋友的时候,这些在海上用命抢夺来的钱财,就会像沙子一样从他们的指缝间滑落。

1718 年,黑胡子和他的手下们走向了命运的尽头。他们在北卡罗莱纳州的奥卡洛克岛湾进行了最后一战。据说黑胡子挨了 5 枪,身中 20 多刀还在抵抗。他最终被罗伯特·梅纳德领导的队伍击败,并被斩首。胜利者埋葬了黑胡子的身子,把他的首级挂在他们的艏斜桅上。而在这场最后的恶仗中侥幸存活的黑胡子的手下,也都四散奔逃了。

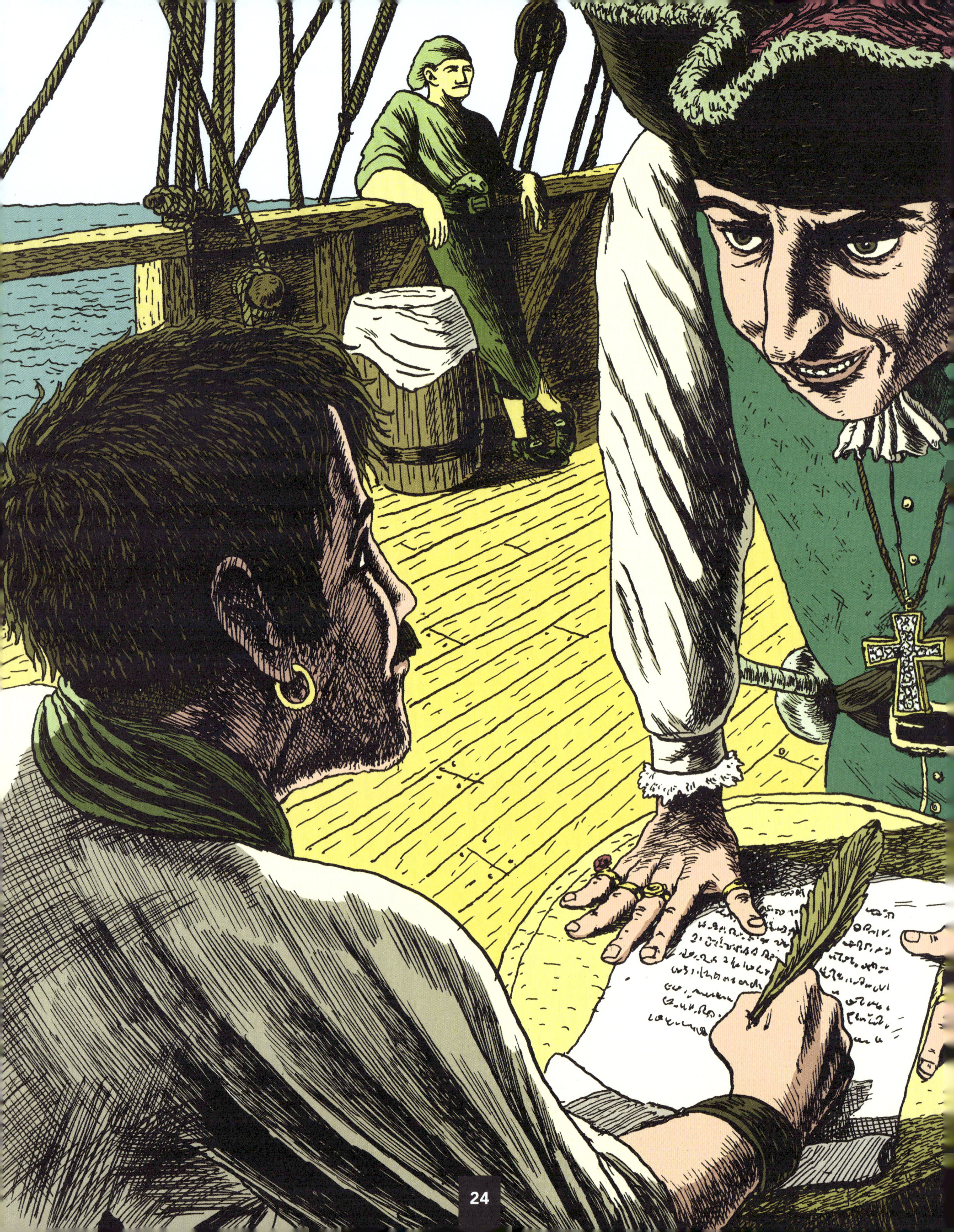

巴沙洛缪·罗伯茨

起初，巴沙洛缪·罗伯茨只是一艘贩奴船的大副。1720年，他所在的船只被海盗俘获之后，他也成了海盗。六周后，他替代了刚刚死去的船长，成了海盗船的新船长。

入伙之约

克里斯托弗和亨利带着一个年轻人，来到甲板上见罗伯茨。

"船长，这是我们在酒馆碰到的乔治，他想加入我们。"

罗伯茨看着这个年轻人，他的帽子上插着一根红羽毛，脖子上戴着金链子和钻石十字架。罗伯茨见他脸上没有丝毫害怕的神情，问道："你出过海吗？"

"是的，先生，我在女王陛下的船上待了三年。但在上一次靠岸后，我跑了，因为我受够了服从命令，不断地服从命令，为了可怜的薪水像犯人一样工作。我想要自由，并且只要能发财，冒什么险我都乐意。"

船长拿出一张纸，说道："说得不错，看起来是块好料。那我就给你说说我们的规矩。你要是觉得合适，就可以加入我们。"

1. 所有人都可以为集体事务投票。
2. 谁敢从战利品中私自拿走价值一美元以上的东西，就会被扔到荒岛上。
3. 武器要随时准备好。
4. 禁止把姑娘带上船，否则就是死罪。
5. 战斗中擅离职守者死罪。
6. 船上禁止打架滋事，一切争端都到陆地上用刀或枪解决。
7. 战斗中没了一条腿，可以给800美元的抚恤金。
8. 每次获得的战利品，船长和水手长各得三分之一，其他人一起分剩下的三分之一。

"怎么样？还想来吗？"

"比之前更想了！"

乔治毫不犹豫地在纸上签了字，然后，船长拍了拍他的背：

"好了，现在你就是海盗了，欢迎加入我们。"

这个年轻人身上有一股罗伯茨特别喜欢的热情，眼睛里有一种说不清楚，却让他想起自己年轻时的东西。

船上的生活

第二天早上，罗伯茨看着大家，尤其是刚来的乔治。他们转动起锚机起锚，升起船帆。只见乔治对这些工作轻车熟路。罗伯茨心想，让他加入一点都没错。

船上的人可真的都不好惹！有海军的逃兵，穷苦的农民，逃跑的奴隶，冒险者，没有信仰、无视法律的混混……总之，只要能抢到金子，不论让他们去死还是杀人，他们什么都敢干。

海风把他们的船轻轻吹向纽芬兰岛，海上的生活又开始了。每个人都在忙碌着：有的在刷甲板，避免打滑；有的在整理船帆，归置绳索；有的在擦拭武器；还有的为大家伙抓海鱼。

船舱里，大厨为他们准备着乱炖：鲜鱼、腌肉、鸟蛋、腌菜混在一起，再用油和醋烹制一下。他们手头有什么就做什么吃，但味道都不错。只要不让他们吃那满是虫子的海上饼干就行——当旅途漫长时，厨师无计可施，总为他们提供这些饼干。

而到了晚上，大家吹曲、唱歌、跳舞、打牌、玩骰子，好不快活。

到了早上，他们还借着昨夜喝的朗姆酒的酒劲，互相吹嘘着在梦里赚到的大把金钱。

一天早上，罗伯茨问乔治是否喜欢这样的生活。

乔治说："简直太棒了！只有一点，我想早点打上我的第一仗！"

罗伯茨说："我就知道你是这块料！你看起来没刚上船时有活力了。我们这种人就为了战斗才当海盗的！"

他们陷入了沉思。此时其他的人还在继续胡说八道，大声讲着自己的蓝宝石和绿宝石的故事。

最后，罗伯茨说："我们的生命可能十分短暂，所以在我们活着的时候，必须懂得好好利用它。"

1722 年，在非洲海岸，他们遭遇了一艘英国船，罗伯茨在敌人的炮火中死去。而他手下（两艘船上共计 368 人，其中包括 88 个黑人）的命运则各不相同，或在战斗中丧生，或被处以绞刑、监禁，或被释放。而那些幸存下来的黑人，又再次沦为了奴隶。

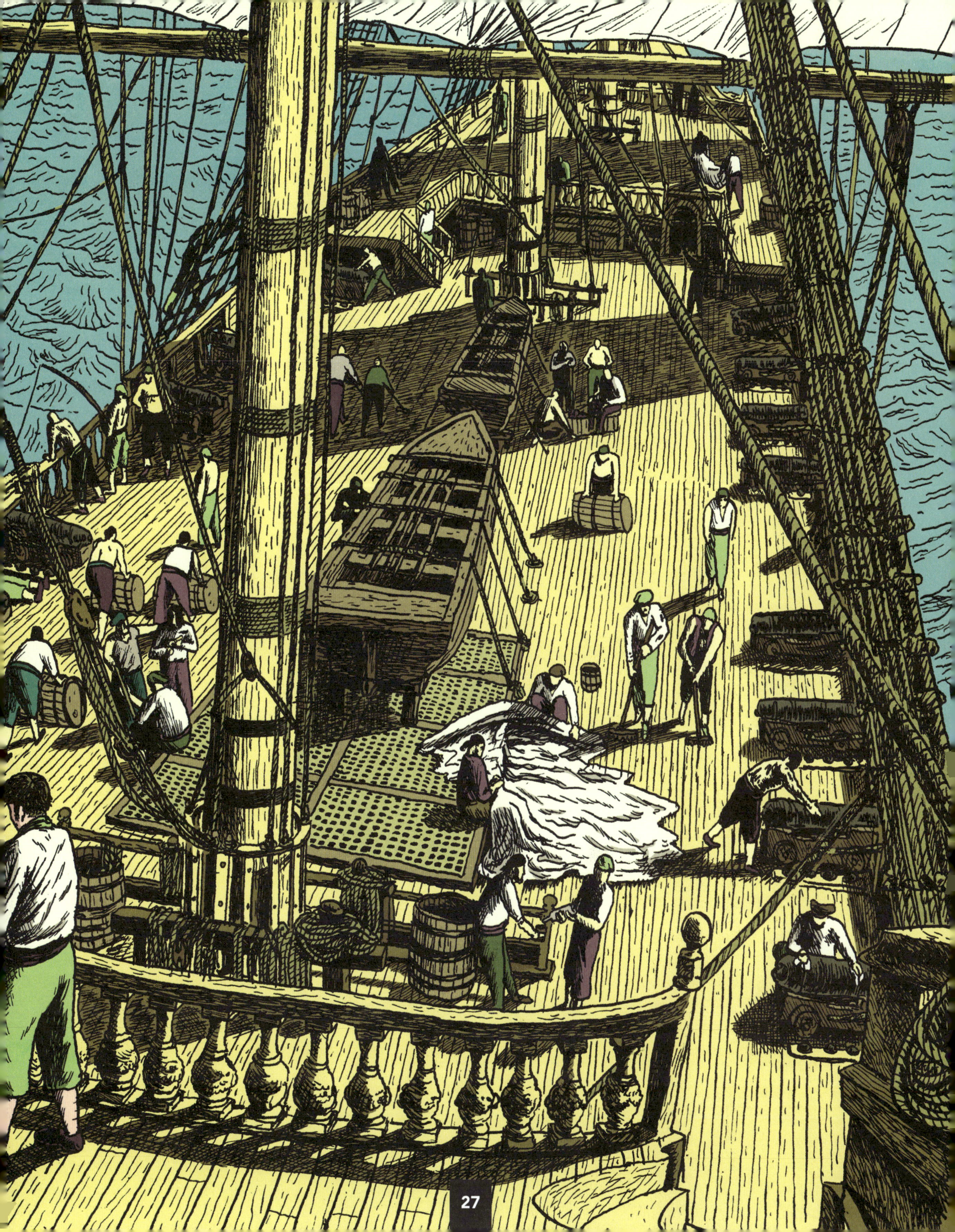

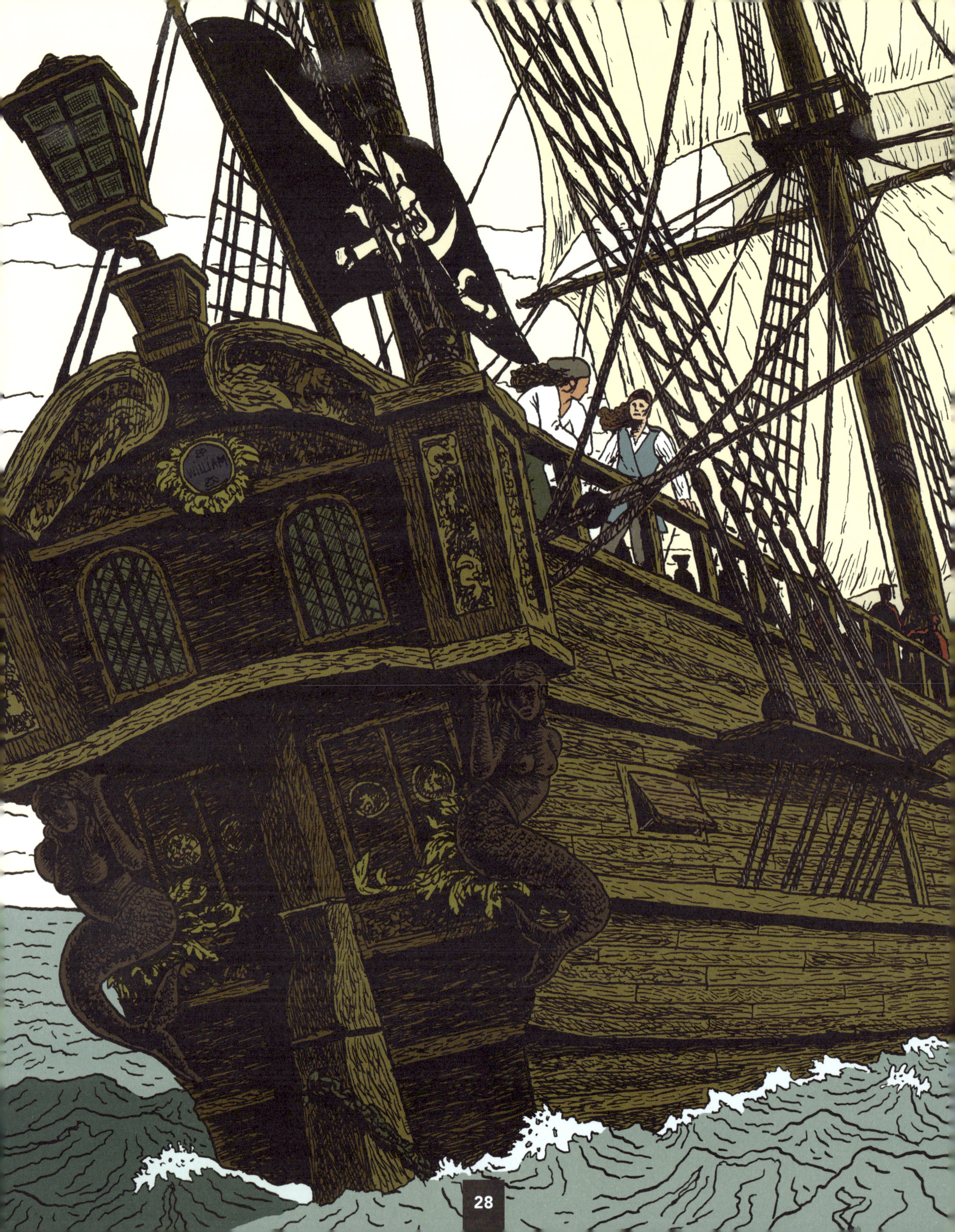

玛丽·里德、安娜·波妮和杰克·莱克汉姆

玛丽·里德和安娜·波妮这两位女性，分别通过不同的方式来到了海盗杰克·莱克汉姆的船上。玛丽·里德最开始女扮男装在英国军队当兵，然后成了水手。后来，她所在的船被海盗船俘获，她就做了海盗。而安娜·波妮则是因为疯狂地爱上了桀骜不驯的海盗杰克·莱克汉姆，追随他选择了这种生活，换上男人的衣服来到大海上。

就这样，莱克汉姆的船上有了两位女性，一位是水手，另一位则是船长的恋人。但别以为她们是女人，在海上就比不过男海盗！

女海盗

玛丽和安娜正照旧在船尾她们经常休息的地方闲聊。突然，她们听到了争吵声。

"你这个骗子！"

"我不是，我发誓！"

"明天4点钟，岸上见，就你和我，我们在陆地上了断这事！"

"这不很荒唐吗？我什么也没……"

"明天，4点钟！"

"好吧。"

听到这些，玛丽一脸惨白地望着安娜，说道：

"听声音好像是菲利普。该死的约翰居然怂恿菲利普去决斗。我……他……"

安娜看着她的朋友，满心疑惑。突然说到：

"你爱上菲利普了，对不对？"

"安娜，他根本不懂决斗，他和我们不一样，他本来只是个水手，后来我们抓了他，他才被迫入行的，他懂什么决斗？！"

安娜没有搭话，心想，玛丽说得没错，菲利普此次必死无疑。可玛丽好像突然有了主意。

过了一会儿，玛丽故意找碴，向那个胆敢动他心上人的坏蛋挑战。

"明天3点钟！我们陆上决斗！"

第二天，海盗们都涌上了岸。白色的沙滩在太阳照射下十分耀眼，众人的眼睛都被这光芒刺痛了。玛丽和她的对手如约而至，四目相对。

决斗的规则是，他们只有一颗子弹，同时开火。如果谁都没有被打死，就继续用刀搏斗，直到其中一人倒下！

所有的人都在那里看着。

玛丽向菲利普投去了一个目光，好像在说："一会儿再见！"又好像在说："永别了，心爱的人！"

接着，玛丽举起了枪。

玛丽知道，她必须一枪将对方打倒，否则用刀搏斗，她绝对不是这个男人的对手。

只听莱克汉姆一声令下："开火！"

两颗子弹几乎同时打出，但大家似乎只听到一声枪响。

时间好像停滞了。那个粗鲁的男人摇晃了几下，慢慢倒下。白色的沙滩上，鲜血在他身下蔓延开来。他的眼睛动了几下就闭上了，永远地闭上了。

玛丽都没有回头看一眼，就朝船走去了。

战斗到底的女海盗

生活依然继续着，好像什么也没有发生一样，海盗们还是四处抢劫。玛丽和安娜却担心起来——他们在这里劫掠了太久，刚刚还放走了一条可能通风报信的船。

安娜对莱克汉姆说："我们走吧……"

可莱克汉姆却说："我向你保证，我们很快就走，只不过是几天后。现在还是开怀畅饮吧，亲爱的！"

之后，莱克汉姆举起一大杯酒一饮而尽。就这样，男人们每天都彻夜寻欢作乐，而玛丽和安娜则紧盯着海面。

一艘大船从海面上疾驰而来！

可当她们通知大家时，醉醺醺的水手们只能摇晃着拉起锚链逃跑。

而这一次，风向也没有帮助他们。

他们被追上了，船上横桁也被炮火击中了。

牙买加总督派来的士兵开始登船，海盗们本想奋力一搏，但酒精削弱了他们的战斗力，他们的脑子更是迷迷糊糊。海盗一个个都挤到上甲板下面躲避。只有女人们像魔鬼一样疯狂地抵抗。她们急得向同伴大叫：

"都赶紧回来，你们这些胆小鬼！"

"都是懦夫！你们还有脸躲！"

"回来捍卫你们的荣誉啊，懦夫们，回来吧！"

可只有勇气还是不够的，最后她们寡不敌众，所有海盗都被抓了。

1720 年，船上所有海盗都被判了死刑。当莱克汉姆来跟安娜道别的时候，安娜一脸不屑，愤怒地说："如果当初你像个男人一样战斗，今天也不会像狗一样死掉！"女海盗并没有马上被处死，因为她们怀有身孕。几个月后，玛丽在狱中因病去世，而安娜最后被释放了，88 岁时才去世。

31

非洲和印度之路

随着在加勒比地区劫掠越发困难,很多海盗开始来到非洲沿岸和印度洋地区活动。在那里,他们会碰到贩卖黑奴的船只、印度莫卧儿帝国的船队、到麦加朝圣的船只,以及分别隶属于荷兰、英国和法国的几家东印度公司的船队。这些商船满载着黄金、宝石、香料、瓷器和丝绸,不断来往于欧洲和其他大陆之间。

爱德华·英格兰和拉·布斯是这段时期赫赫有名的大海盗。随着法国大革命的爆发,欧洲战火重燃,私掠船船长罗伯特·絮库夫加入他们的行列,开始了在印度洋上的劫掠。

爱德华·英格兰

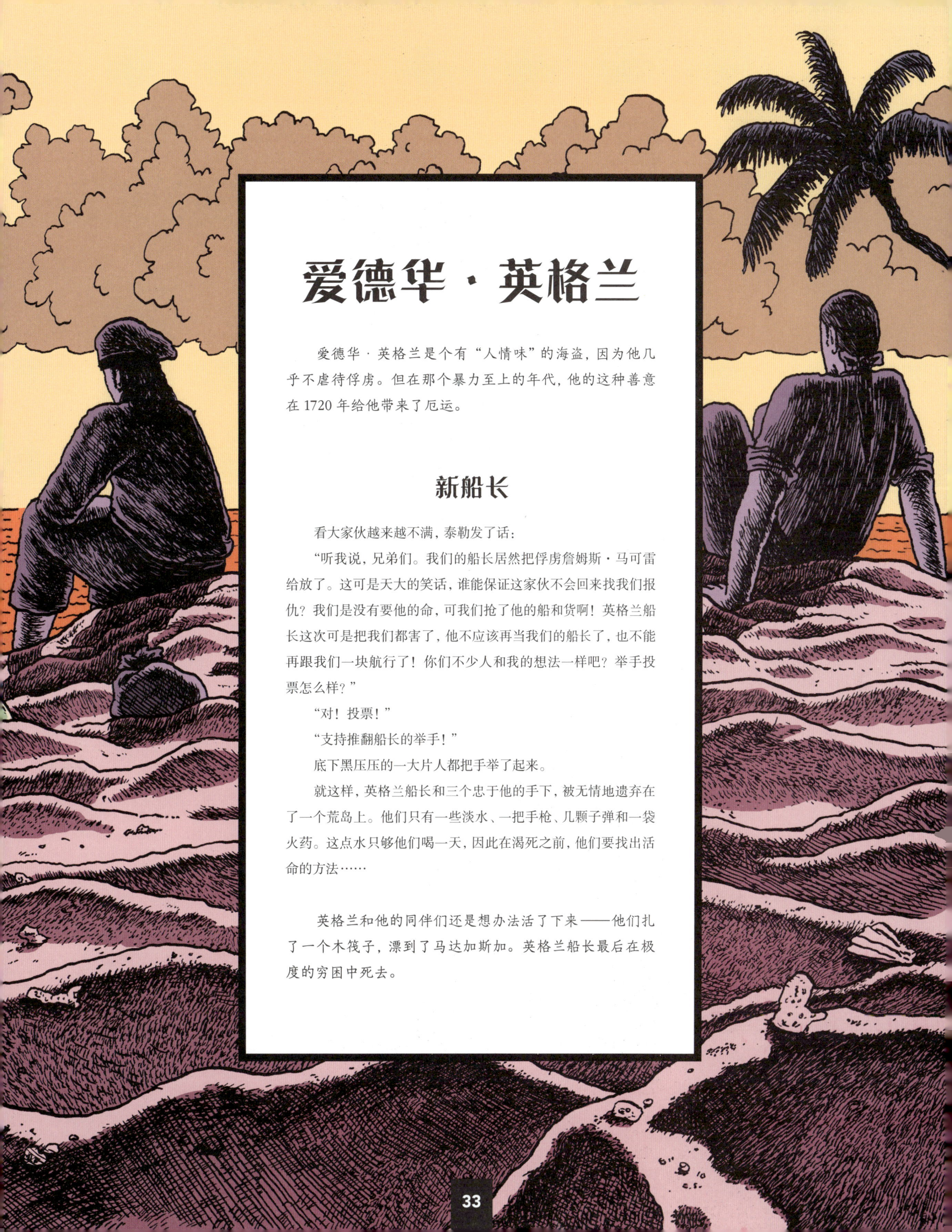

爱德华·英格兰是个有"人情味"的海盗，因为他几乎不虐待俘虏。但在那个暴力至上的年代，他的这种善意在1720年给他带来了厄运。

新船长

看大家伙越来越不满，泰勒发了话：

"听我说，兄弟们。我们的船长居然把俘虏詹姆斯·马可雷给放了。这可是天大的笑话，谁能保证这家伙不会回来找我们报仇？我们是没有要他的命，可我们抢了他的船和货啊！英格兰船长这次可是把我们都害了，他不应该再当我们的船长了，也不能再跟我们一块航行了！你们不少人和我的想法一样吧？举手投票怎么样？"

"对！投票！"

"支持推翻船长的举手！"

底下黑压压的一大片人都把手举了起来。

就这样，英格兰船长和三个忠于他的手下，被无情地遗弃在了一个荒岛上。他们只有一些淡水、一把手枪、几颗子弹和一袋火药。这点水只够他们喝一天，因此在渴死之前，他们要找出活命的方法……

英格兰和他的同伴们还是想办法活了下来——他们扎了一个木筏子，漂到了马达加斯加。英格兰船长最后在极度的穷困中死去。

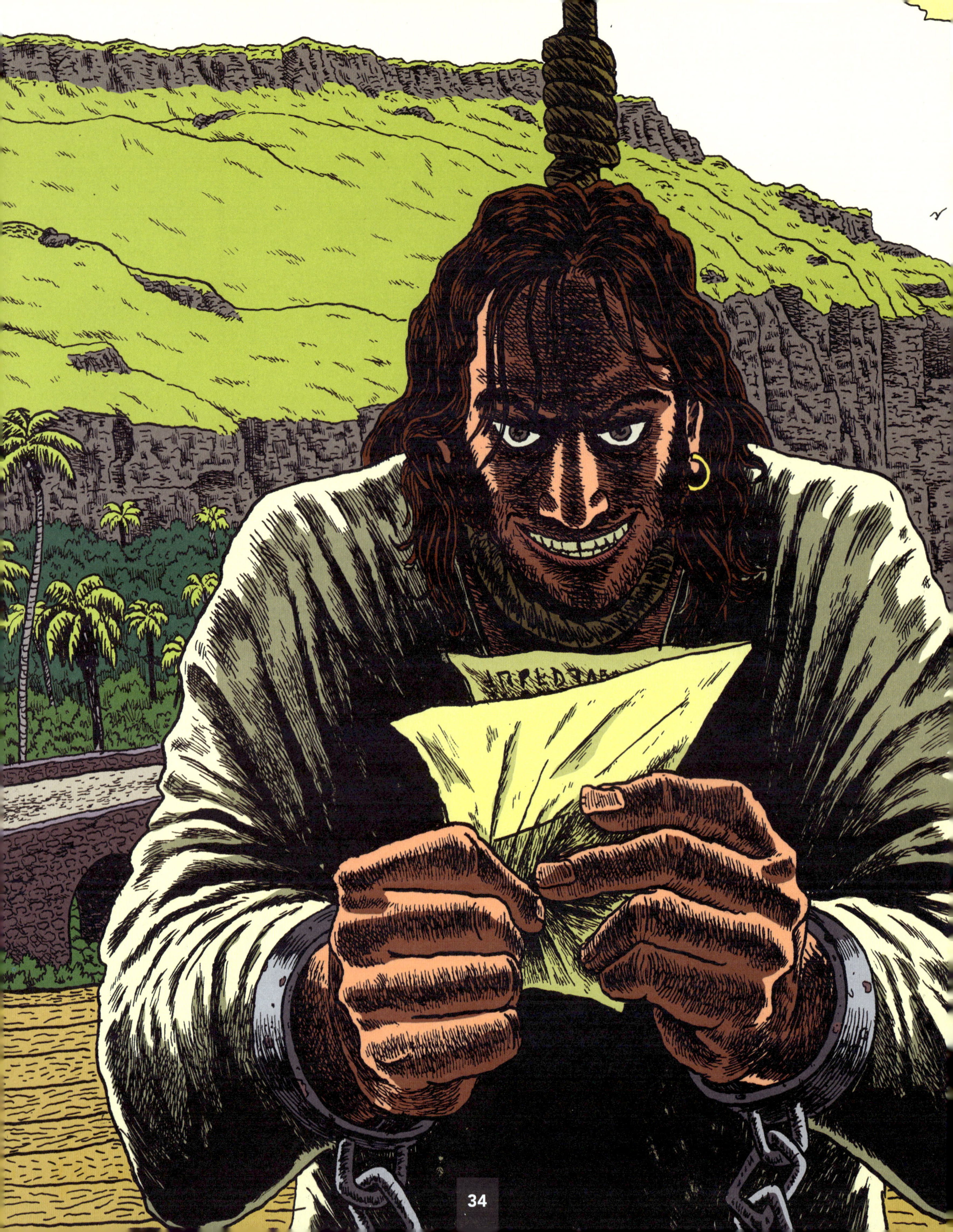

拉·布斯

　　法国人奥利维尔·莱瓦瑟尔，人称拉·布斯，是在加勒比地区起家的海盗。像许多海盗一样，不出海时他就住在新普罗维登斯岛上。到了1718年，这个地区海盗生意不再好做时，他就转战到了印度洋。从顺风顺水到逆风而行，最终他还是等到了1730年那个让他丢掉性命的日子。

绞刑犯的宝藏

　　拉·布斯陷入了回忆：几年前，就在这里，在波本岛（今天的留尼汪岛），他抢了一艘正从印度返航的葡萄牙商船海角圣母号。这艘船上不但搭载着葡萄牙东印度公司的总督，还有无数装着金银、钻石、珠宝和名贵丝绸的大箱子。多少海盗梦寐以求却从未获得的财富，拉·布斯得到了。

　　"功成名就"之后，他就金盆洗手，享受财富了。许多年过去，他本来以为那件事早就被人忘到脑后了。可人们并没有忘记，因为被劫掠的数额太大了！那艘船给他带来了无尽的财富，也带来了无尽的厄运。

　　就是那艘该死的船，把他送上了不归路：他被逮捕，五花大绑，听候判决。

　　"奥利维尔·莱瓦瑟尔由于海盗行为，被判绞刑，并暴尸一天！"

　　不一会儿，绞刑架下就聚集了大群的人。他们就好像在等待一场演出。

　　那个被判处绞刑的人，脸上既没有恐惧，也没有悔恨。绞绳套上他的脖子的时候，他只是轻轻地笑着，从口袋里掏出一张纸，抛向半空。

　　"我的宝藏，谁能找到就送给谁！"

　　人们一阵惊愕，叫喊着，争抢着……可那张纸哪去了？也许已经被大地吞噬了……

　　夜幕降临，抢到那张纸的人悄悄地打开它，却发现内容十分奇怪：一串没有头也没有尾的字母。这是一张通向宝藏的寻宝图，还是绝望海盗最后的诡计？

　　此后，无数的探险者前往波本岛上四处寻宝，但至今也没有人发现这位大海盗留下的一金一银。

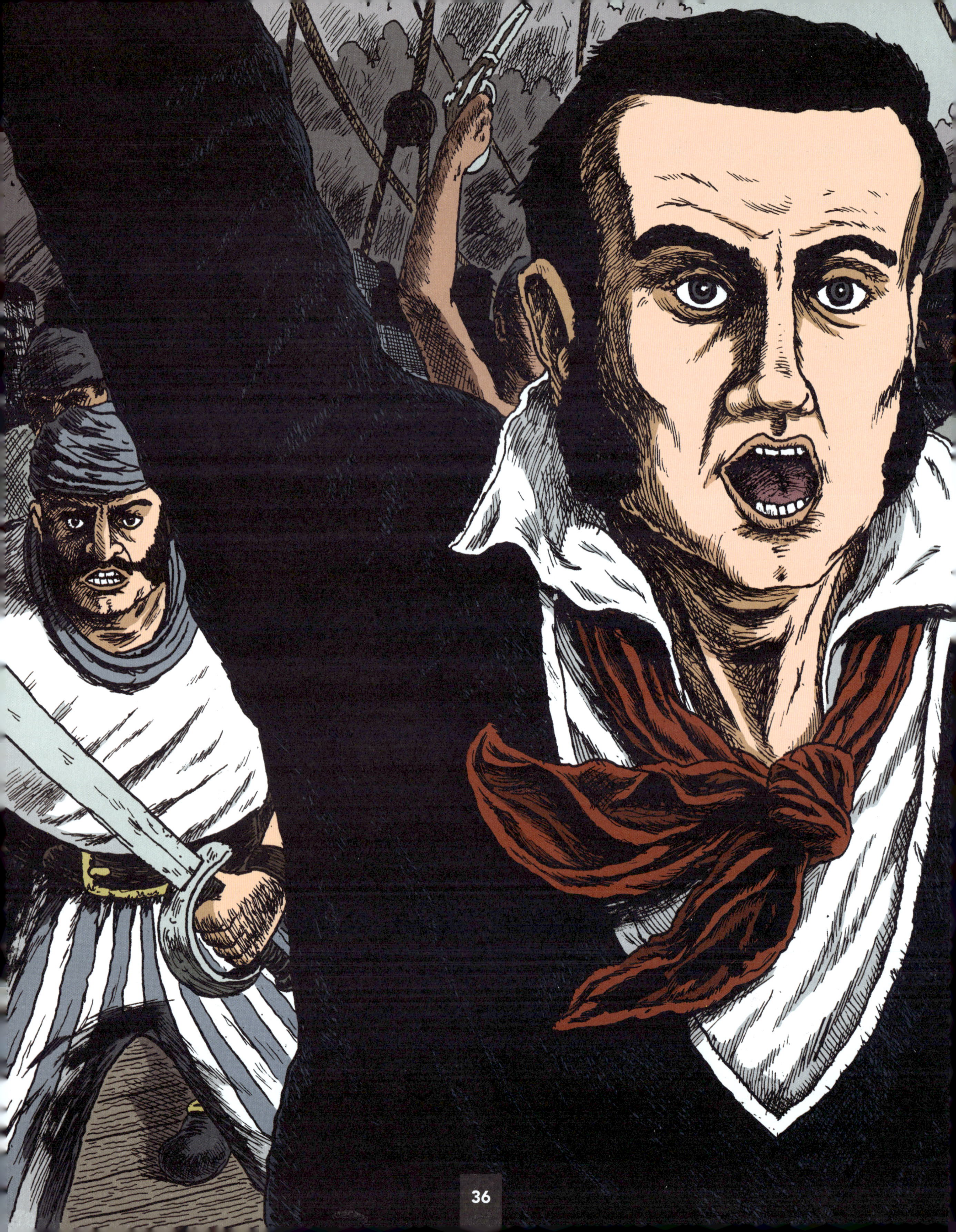

罗伯特·絮库夫

　　1800 年，这位生于法国圣马洛，只有 26 岁的年轻人，罗伯特·絮库夫，率领他的私掠船信心号，在孟加拉湾劫获英国东印度公司的商船肯特号。他当时还不知道，就是这一场劫掠，让他成了法国海盗历史上响当当的海盗之王！

听我号令

　　信心号上，一阵哨声响起。
　　只见远处地平线上的一个小点，越来越大，越来越近。原来那是一艘有他们的船三倍大的英国东印度公司商船。
　　这位年轻的船长把所有人都召集起来。
　　"你们看到了，我们要面对的是怎样的敌人。敌众我寡，说打这场仗易如反掌，那是睁着眼睛说瞎话，但是，我知道你们的实力，知道你们是什么样的人，我也见过你们打仗。我知道，你们从不缺乏勇气，即使不能以一当十，一个人撂倒几个英国人也绝不成问题。那么，就让我们上去收拾他们吧。兄弟们，有没有胜利的信心？"
　　所有的人都高呼："有！我们会胜利！我们会胜利！"
　　"我听不见！"
　　所有人更大声地呼喊着："我们必胜！"
　　"再说一次！"絮库夫喊道，"再告诉我一遍！"
　　絮库夫和他的手下一同呼喊：
　　"我们必胜！我们必胜！"
　　听过手下们坚定的呼喊声，絮库夫知道此时他们与自己一样坚信此役必胜。
　　"我向你们保证，只要我们夺来那艘船，你们得到的财富将和魔鬼一样多！除了货物，你们想拿什么就拿什么，武器、手表、首饰，别管是水手还是乘客的，都将是你们的！现在，给我冲啊！"

登船！

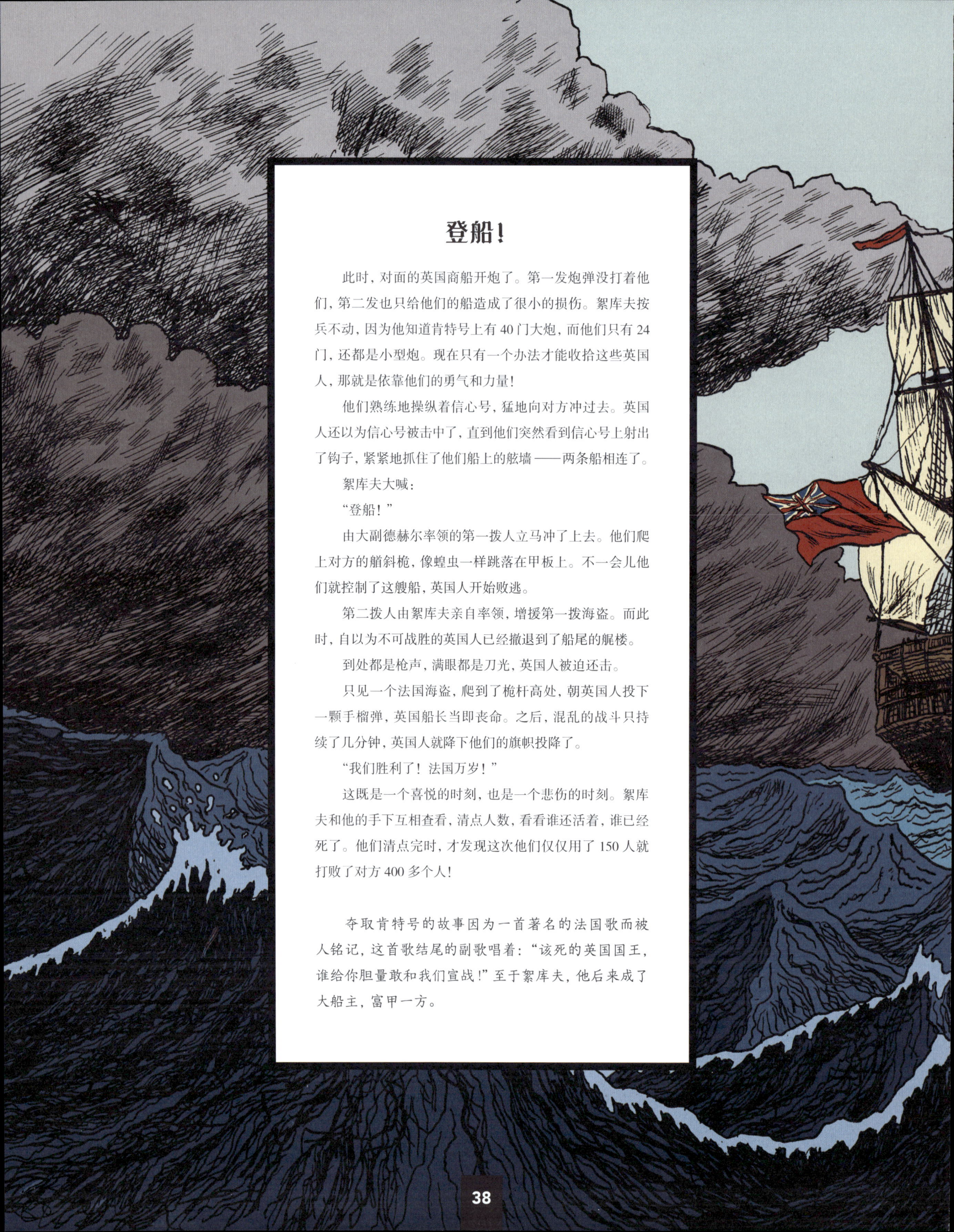

此时，对面的英国商船开炮了。第一发炮弹没打着他们，第二发也只给他们的船造成了很小的损伤。絮库夫按兵不动，因为他知道肯特号上有40门大炮，而他们只有24门，还都是小型炮。现在只有一个办法才能收拾这些英国人，那就是依靠他们的勇气和力量！

他们熟练地操纵着信心号，猛地向对方冲过去。英国人还以为信心号被击中了，直到他们突然看到信心号上射出了钩子，紧紧地抓住了他们船上的舷墙——两条船相连了。

絮库夫大喊：

"登船！"

由大副德赫尔率领的第一拨人立马冲了上去。他们爬上对方的艏斜桅，像蝗虫一样跳落在甲板上。不一会儿他们就控制了这艘船，英国人开始败逃。

第二拨人由絮库夫亲自率领，增援第一拨海盗。而此时，自以为不可战胜的英国人已经撤退到了船尾的艉楼。

到处都是枪声，满眼都是刀光，英国人被迫还击。

只见一个法国海盗，爬到了桅杆高处，朝英国人投下一颗手榴弹，英国船长当即丧命。之后，混乱的战斗只持续了几分钟，英国人就降下他们的旗帜投降了。

"我们胜利了！法国万岁！"

这既是一个喜悦的时刻，也是一个悲伤的时刻。絮库夫和他的手下互相查看，清点人数，看看谁还活着，谁已经死了。他们清点完时，才发现这次他们仅仅用了150人就打败了对方400多个人！

夺取肯特号的故事因为一首著名的法国歌而被人铭记，这首歌结尾的副歌唱着："该死的英国国王，谁给你胆量敢和我们宣战！"至于絮库夫，他后来成了大船主，富甲一方。

今天的海盗

海盗在欧洲和北美洲地区已经销声匿迹，但在亚洲、非洲和拉丁美洲的某些地区仍有出没。当然，与他们昔日的辉煌相比，海盗已不复当年的"风光"。

词汇表

旗舰 舰队中级别最高的军官乘坐的舰船。旗舰由这名军官指挥。

船主 负责给船配备水手、设备和给养的人。船主也负责为战船装备武器。

装备 装备战船，为战船装备武器。装备大炮，为大炮装填弹药，做发射前准备。

捕鲸船 用于捕捞鲸鱼的船只。

舷墙 船只上层甲板两侧围栏式的竖板，也指船只的外侧护栏。这个名称一直沿用至今。

横桁 在部分船帆底部，与桅杆相连的横向桁梁。

艏斜桅 位于帆船前部的桅杆，向前侧斜伸出，角度接近水平。

麻类植物 过去被用于制作船用绳索、灯芯以及武器用的火绳和引线。

船舶上层建筑 船体甲板以上的建筑物。分为艏楼（位于船首）、桥楼（位于船的中部）和艉楼（位于船尾）。

艉楼 位于船尾部分的上层建筑物，船长在这个位置掌舵。

帆桨战船 大型的有桨帆船，从古代到18世纪都有人使用。桨手，即划桨工人，通常是奴隶或者被法院放逐到这里的犯人。

武装商船 大型帆船，在16世纪和18世纪之间，主要被西班牙用于运送殖民地货物。一般结成船队行进，并配有武器。

四爪锚 系在长绳末端的小型铁制锚钩。海盗们会将它扔向他们想要登上的船只，等锚钩牢之后拉动长绳，拉近两船距离后登船。

锚机 用于收放锚的机械。

桅楼 位于桅杆中部，是水手们进行高空作业的平台。从前在两艘船靠近时，桅楼也被用作射击处。位于船首桅杆的桅楼也叫瞭望台，用来眺望远方。

平底帆船 亚洲地区一种把帆挂在竹桅上的帆船。

遗弃荒岛 把某人遗弃在荒岛上的惩罚手段。由于没吃没喝，被遗弃的人很快会面临死亡的威胁。这项惩罚往往写在海盗登船时签订的契约中。

滑膛枪 15世纪至17世纪人们使用的火枪，有1米长的枪管，是步枪的前身。

见习水手 船上的小水手。他们边做杂事（如洗甲板）边学习行船知识。最小的只有七八岁。

运奴船 16世纪至19世纪之间，奴隶贸易时代，穿行于非洲和美洲之间运送黑奴的船只。

船旗 船只上用来表明所属国家或发信号的旗帜。

船首像 位于船头的雕塑，用于装饰。

单桅帆船 只有一个桅杆和一个三角帆的小型帆船。

下风处 当一艘船位于参照物（例如另一艘船）的对面，在参照物之后被风吹到，这艘船就处于下风处。相反，当这艘船在参照物之前被风吹到，就处于上风处。

上甲板 船只的上层甲板。

喇叭口火枪 一种枪管很宽的枪支，可以一次发射几颗子弹，但精准度较差。

帆架 桅杆上用于挂帆的横杆。

瞭望台 位于船首桅杆高处，瞭望远处和发信号的地方。

欧洲
非洲
美洲
大西洋
太平洋
北
西 东
南